이상한 나라의 앨리스
5년 후 나에게 :
Q&A a day

내 기분은 내가 정해,
오늘 나는 "행복"으로 할래!

I decide how I feel.
I'll go with "happiness" today!

Disney
ALICE
in
WONDERLAND

1

"나는 어제로 돌아갈 수 없어.
왜냐하면 나는 어제와 다른 사람이기 때문이야.
그러니 더는 돌아보지도 후회하지도 않을 거야."

Can you tell me three things you really want to accomplish this year?

올해 꼭 이루고 싶은 세 가지를 말해줄래?

20

20

20

20

20

How do you feel when you wake up in the morning?

아침에 일어나면 어떤 기분이야?

20

20

20

20

20

3

What was your best thing of today?

오늘 하루 중에 가장 기분이 좋았던 일은 뭐야?

20

20

20

20

20

What would be the ideal hobby if you get one?

새로운 취미를 가진다면 어떤 게 좋을까?

20

20

20

20

20

5

Do you have your own pre-night habits?

밤에 자기 전 행하는 너만의 습관이 있니?

20

20

20

20

20

Who is the person you're most interested in these days?

요즘 네가 가장 관심을 가지고 있는 사람은 누구야?

20

20

20

20

20

What kind of music do you listen repeatedly?

최근에 계속 반복해서 듣는 음악은 어떤 거야?

20

20

20

20

20

If there are people who suddenly come to
mind today, write them down.

오늘 갑자기 떠오른 사람들이 있다면 다 적어보자.

20

20

20

20

20

9

When your precious daily life returns,
where do you want to go?

너의 소중한 일상이 돌아오면, 어디로 떠나고 싶어?

20

20

20

20

20

What's the word of high frequency you've told in
meeting people today?

오늘 사람들과 만나면서 가장 많이 쓴 말은 뭐야?

20

20

20

20

20

11

What is the conversation you usually have at lunch
with your friends or co-workers?

친구나 동료들과 점심시간에 나누는 대화는 주로 어떤 거야?

20

20

20

20

20

Is there anyone you want to hear when you're sad or lonely?

슬프고 외로울 때 목소리를 듣고 싶은 사람이 있어?

20

20

20

20

20

13

Is there anyone you want to hug when you're happy?

기쁠 때 끌어안고 싶은 사람이 있어?

20

20

20

20

20

What do you want right now?

지금 가장 가지고 싶은 것은?

20

20

20

20

20

15

What is your favorite movie? Why?

너의 인생 영화는 뭐야? 그 이유는?

20

20

20

20

20

What is your favorite book? Why?

너의 인생 책은 뭐야? 그 이유는?

20

20

20

20

20

17

What is the best thing you've ever bought in two months?

두 달 동안 산 것 중에서 가장 마음에 드는 물건은?

20

20

20

20

20

What does home mean to you?

집이란 너에게 어떤 의미야?

20

20

20

20

20

19

What is your favorite food these days?

요즘 네가 가장 많이 먹는 음식은?

20

20

20

20

20

What would you most like to hear before you go to bed tonight?

오늘 밤 잠들기 전에 어떤 말을 가장 듣고 싶어?

20

_____

_____

_____

20

_____

_____

_____

20

_____

_____

_____

20

_____

_____

_____

20

_____

_____

_____

Do you have your own food for healing?

너만의 힐링 푸드는?

20

20

20

20

20

Sum up your TODAY in three words.

오늘을 세 단어로 정리해보면?

20

20

20

20

20

23

What city do you want to visit the most?

가장 가보고 싶은 도시는 어디야?

20

20

20

20

20

What kind of person do you want to be remembered by others?

다른 사람에게 어떤 사람으로 기억되고 싶어?

20

20

20

20

20

What is your current job?

현재 너의 직업은 뭐야?

20

20

20

20

20

Who spent the most time with you in a week?

일주일 동안 너랑 가장 많은 시간을 보낸 사람은 누구야?

20

20

20

20

20

27

What was your most grateful thing today?

오늘 하루, 가장 감사했던 일은?

20

20

20

20

20

Can you tell me the most memorable sentence
in the last book you read?

마지막으로 읽은 책 속에서 가장 기억에 남는 문장을 알려줄래?

20

20

20

20

20

Is there anyone you trust or depend on?

네가 믿고 의지하는 사람이 있어?

20

20

20

20

20

What city do you want to live in a month?

'한 달 살기'를 하고 싶은 도시는 어디야?

20

20

20

20

20

Who's the person you feel most about these days?

최근 가장 마음이 쓰이는 사람은 누구야?

20

20

20

20

20

2

FEBRUARY

"모든 모험은
첫 걸음을
필요로 해."

1

Do you talk to someone you've never met before?
If so, what's the first question?

처음 만나는 사람에게 먼저 말을 거는 편이야?
만약 그렇다면 첫 질문은?

20

20

20

20

20

What's your way of relieving stress?

스트레스를 해소하는 너만의 방법은?

20

20

20

20

20

3

Tell me your plan for tomorrow.

내일의 계획을 들려줘.

20

20

20

20

20

What makes you the saddest lately?

최근에 가장 너를 슬프게 했던 일은 뭐야?

20

20

20

20

20

5

Where do you feel most comfortable?

네가 가장 편안함을 느끼는 장소는 어디야?

20

20

20

20

20

What kind of life do you want to live?

어떤 삶을 살고 싶어?

20

20

20

20

20

What color do you like the most?

어떤 색깔을 가장 좋아해?

20

20

20

20

20

When is the best time for concentration in a day?

하루 중 집중이 가장 잘 되는 시간은 언제야?

20

20

20

20

20

9

What was the most healthy day of the week?

지난 일주일 중에
가장 컨디션이 좋은 요일이 언제였어?

20

20

20

20

20

Can you describe the most memorable scene of today?

오늘 하루 중 가장 기억에 남는 장면이 있다면 묘사해줄래?

20

20

20

20

20

11

Which word do you think best represents you?

어떤 단어가 가장 너를 잘 표현한다고 생각해?

20

20

20

20

20

Have you ever overcome your fear and challenged something?

두려움을 극복하고 뭔가에 도전한 일이 있어?

20

20

20

20

20

What's the current profile picture?

현재 프로필 사진은 어떤 거야?

20

20

20

20

20

Have you ever given chocolate to someone?
What does he/she mean to you?

누군가에게 초콜릿을 준 적이 있어?
그 사람은 너에게 어떤 의미야?

20

20

20

20

20

15

FEB

What are you trying to do for tomorrow
that is better than now?

지금보다 나은 내일을 위해서 어떤 일을 시도하고 있니?

20

20

20

20

20

Is there a moment in your life that you want to go back to?

지금까지의 인생에서 돌아가고 싶은 순간이 있어?

20

20

20

20

20

17

What is the greatest driving force in your life?

네 삶의 원동력은 뭐야?

20

20

20

20

20

Do you love yourself?

너 자신을 사랑하니?

20

20

20

20

20

19

What quality do you envy most in others?

네가 지금 가장 부러워하는 대상은 누구야?

20

20

20

20

20

Do you think efforts can change things?

노력이 상황을 바꿀 수 있다고 생각해?

20

20

20

20

20

21

What's the most exciting thing
you've been through lately?

최근에 겪은 가장 설렜던 일은 뭐야?

20

20

20

20

20

What kind of love do you want from now on?

앞으로 어떤 사랑을 하고 싶어?

20

20

20

20

20

23

What do you want to hear the most from someone you love?

사랑하는 사람에게 가장 듣고 싶은 말이 뭐야?

20

20

20

20

20

What kind of friend do you think is true?

네가 생각하는 참다운 친구는 어떤 사람이야?

20

20

20

20

20

What do you want to be in the eyes of others?

다른 사람들 눈에 어떻게 보이고 싶어?

20

20

20

20

20

What is your biggest weakness?

너의 가장 큰 단점은 뭐라고 생각해?

20

20

20

20

20

What is your greatest strength?

너의 가장 큰 장점은 어떤 거야?

20

20

20

20

20

Do you have your own jinx?

너만의 징크스가 있다면 소개해줄래?

20

20

20

20

20

What did you do today in leap month of every four years?

4년에 한 번 있는 오늘, 무엇을 하면서 보냈어?

20

20

20

20

20

3

M A R C H

"불가능 한 것을
이루는 유일한 방법은
가능하다고 믿는 거야."

1

**Do you remember how many times
you laughed out loud today?**

오늘 하루 크게 소리 내어 몇 번 웃었는지 기억해?

20

20

20

20

20

How many times you look at the sky today?

오늘 하루 하늘을 몇 번 올려다보았어?

20

20

20

20

20

3

Where do you want to go most now?

지금 가장 가고 싶은 장소는?

20

20

20

20

20

4

Tell me the lyrics that you like best.

좋아하는 노래 중 가장 좋아하는 가사를 알려줘.

20

20

20

20

20

5

*What's in your image that
you don't want to change after decades?*

10년, 20년, 30년이 지나도
변하지 않았으면 하는 네 모습에는 뭐가 있니?

20

20

20

20

20

Do you remember how many glasses of water
you drank today?

오늘 하루 물을 몇 잔이나 마셨는지 기억나?

20

20

20

20

20

7

Do you think you're a perfectionist?

스스로 완벽주의자라고 생각해?

20

20

20

20

20

Do you have any sneakers you would like to have?

갖고 싶은 운동화가 있어?

20

20

20

20

20

9

When was the last time you were angry?
What's the story?

최근에 가장 화가 났던 때는 언제야? 무슨 일로 그랬어?

20

20

20

20

20

Let's share thankful moment
even the very little things.

사소해도 좋아, 오늘 하루 감사했던 일을 찾아보자.

20

20

20

20

20

11

What was the happiest time of your life?

살아오면서 가장 행복했던 시간은?

20

20

20

20

20

What makes you feel good?

너를 즐겁게 해주는 것은 뭐야?

20

20

20

20

20

13

What do you do first when you wake up in the morning?

아침에 일어나서 가장 먼저 하는 일은?

20

20

20

20

20

When did you get the sense of achievement in recent years?

최근에 성취감을 느낀 것은 어떤 때였어?

20

20

20

20

20

What is the most difficult time in life so far?

지금까지의 인생에서 가장 힘들었던 시간은?

20

20

20

20

20

What do you want to hear the most today?

오늘 네가 가장 듣고 싶은 말은?

20

20

20

20

20

17

Do you ever feel lonely? When?

외롭다고 느낄 때가 있어? 언제 그렇니?

20

20

20

20

20

What is the most delicious food you can make?

네가 가장 자신 있게 만들 수 있는 요리는?

20

20

20

20

20

19

What is today's breakfast, lunch, and dinner menu?

오늘의 아침, 점심, 저녁 메뉴는?

20

20

20

20

20

20

MAR

Do you have a secret story for your eyes only?

아무에게도 말하지 않은 비밀 한 가지는?

20

20

20

20

20

21

Describe your hairstyle as romantic as possible now.

지금 네 헤어스타일을 가능한 한 낭만적으로 묘사해줘.

20

20

20

20

20

What is your favorite accessory?
How often do you wear it?

가장 좋아하는 액세서리는 어떤 거야?
얼마나 자주 착용해?

MAR

20

20

20

20

20

23

What do you think you can do to achieve your goal?

목표를 이루기 위해 무슨 일까지 할 수 있을 것 같아?

20

20

20

20

20

Are you a morning person or a night person?

너는 아침형 인간일까, 저녁형 인간일까?

20

20

20

20

20

25

What was the most demanding thing you've done this week?

이번 주에 가장 무리했던 일은 뭐였어?

20

20

20

20

20

If you buy a car, what kind of car do you want?

차를 산다면 어떤 차를 가지고 싶어?

20

20

20

20

20

Is there anyone you'll never be able to reconcile?
Why don't you make up?

평생 화해할 수 없을 것 같은 사람이 있어?
왜 화해할 수 없을 것 같아?

20

20

20

20

20

What is the most important value in your relationship?

네가 사람을 사귈 때 가장 중요하게 생각하는 가치는 뭐야?

20

20

20

20

20

If you give warm words to your best friend,
what would you say?

친한 친구에게 따뜻한 말을 건넨다면,
무슨 말을 하고 싶어?

20

20

20

20

20

What is the most regrettable thing you've done for love?

사랑 때문에 저질렀던 가장 후회되는 일은?

20

20

20

20

20

31

Do you like to talk? or to listen?

평소 이야기하는 편을 좋아해?
아니면 듣는 것을 좋아해?

20

20

20

20

20

4

APRIL

"너는 분명히
도착하게 되어 있어.
계속 걷다 보면 어디든 닿게 되거든."

1

What do you think when you see the cherry-blossom tree?

벗나무를 보면 어떤 생각이 들어?

20

20

20

20

20

Is there a travel destination you want to go to alone?

혼자 떠나고 싶은 여행지가 있어?

20

20

20

20

20

3

What moment do you remember today?

오늘 기억나는 순간을 알려줄래?

20

20

20

20

20

4

What do you want to say to yourself now?

지금 스스로에게 해주고 싶은 말은?

20

20

20

20

20

5

Who was the first person you met today?

오늘 가장 먼저 만난 사람은 누구야?

20

20

20

20

20

Who do you want to go with if you go on a trip?

여행을 떠난다면 누구랑 같이 가고 싶어?

20

20

20

20

20

7

If you could make a law, what kind of law would you like to make?

네가 법을 만들 수 있다면 어떤 법을 만들고 싶어?

20

20

20

20

20

Can you give up everything else to get something?
So what is it?

어떤 것을 얻기 위해 다른 모든 것을 포기할 수 있을까?
그렇다면 그건 무엇일까?

20

20

20

20

20

9

Do you have a motto?

좌우명이 있어?

20

20

20

20

20

10

Was there anything you couldn't have even if you tried?

노력해도 가질 수 없었던 것이 있었어?

20

20

20

20

20

11

What do you want to try out the most this year?

올해 안에 가장 도전해보고 싶은 것은 뭐야?

20

20

20

20

20

12

What is the most memorable passage you've read recently?

최근에 읽은 책 중 기억나는 구절은?

20

20

20

20

20

13

What can't you endure?

네가 도저히 참을 수 없는 것은?

20

20

20

20

20

14

Is there something about yourself you want to fix?

고치고 싶은 부분이 있어?

20

20

20

20

20

15

What was your most frequent drink in a month?

한 달 동안 가장 자주 마신 음료는 뭐였어?

20

20

20

20

20

16

What if you describe your favorite scent
in more than two sentences?

가장 좋아하는 향기를 두 문장 이상으로 설명한다면?

20

20

20

20

20

17

How do you think the happiest way to leave this world?

이 세상을 떠날 때 어떻게 떠나는 게
가장 행복한 거라고 생각해?

20

20

20

20

20

If there's someone you're most sorry about right now, who is it?

지금 가장 미안하게 생각되는 사람이 있다면 누구야?

20

20

20

20

20

19

Could you follow the rabbit like Alice did?

너도 앨리스처럼 토끼를 따라 갈 수 있어?

20

20

20

20

20

What's the keyword you search most these days?

요즘 가장 많이 검색하는 키워드는 뭐야?

20

20

20

20

20

21

*Is there anyone you really want to meet
at the last moment of your life?*

삶의 마지막 순간에 꼭 부르고 싶은,
만나고 싶은 사람이 있어?

20

20

20

20

20

22

Who did you have the best meal with?

가장 근사했던 식사는 어디서 누구와 함께한 자리였어?

20

20

20

20

20

23

Where is the most painful part of your body?

몸에서 가장 아픈 부위는 어디야?

20

20

20

20

20

24

How do you get over it when you're depressed?

우울할 때면 어떻게 극복해?

20

20

20

20

20

25

Name something you haven't used since you bought it.

구입한 뒤 한 번도 안 쓴 물건은 어떤 거야?

20

20

20

20

20

26

Is there anything you cannot forgive?

이것만큼은 용서할 수 없다고 생각하는 게 있어?

20

20

20

20

20

27

What was the most memorable day of this year?

올해 가장 기억에 남는 하루는 언제였어?

20

20

20

20

20

28

Do you have anyone or situation that you're nervous about?

네가 긴장하는 상대나 상황이 있어?

20

20

20

20

20

29

How many people can meet you in casual attire?

편한 차림으로 만날 수 있는 사람이 몇이나 있어?

20

20

20

20

20

Who comes to your mind first when you eat delicious food?

맛있는 음식을 먹을 때 가장 먼저 생각나는 사람은 누구야?

20

20

20

20

20

5
MAY

"네가 어디로 가고 싶은지
모른다는 건, 어떤 길이든
택할 수 있다는 뜻이잖아!"

1

What was the most recent call you received?

가장 최근에 받은 전화는 어떤 거였어?

20

20

20

20

20

2

What time did you get up this morning?
Why was it that time?

오늘 아침에 몇 시에 일어났어? 왜 그 시간이었어?

20

20

20

20

20

3

How many things can you do at once?

한 번에 몇 개의 일을 처리할 수 있어?

20

20

20

20

20

4

What was the most interesting thing that
happened on the trip?

여행지에서 생겼던 가장 재미있었던 일은 뭐였어?

MAY

20

20

20

20

20

5

What was the gift you most wanted
to receive in your childhood?

어렸을 때 가장 받고 싶었던 선물은 뭐였어?

20

20

20

20

20

Why *do* you think your existence is so special?

네 존재가 특별한 이유는 뭐라고 생각해?

20

20

20

20

20

7

What was the most memorable gift?

가장 기억에 남는 선물은 뭐였어?

20

20

20

20

20

8

When was the last time you had a meal with your parents?

가장 최근에 부모님과 식사한 때는 언제야?

20

20

20

20

20

9

Do you have any musical instruments that you can play?
If not, what kind of instrument you want to learn?

연주할 수 있는 악기가 있어?
혹시 없다면 어떤 악기를 배우고 싶어?

20

20

20

20

20

What's the oldest present you have and who gave it to you?

가지고 있는 것 중에 가장 오래된 선물은 뭐고 누가 준 거야?

20

20

20

20

20

11

What's the maximum amount you can spend per day?

하루에 쓸 수 있는 최대 금액은 얼마야?

20

20

20

20

20

12

What is your favorite TV program these days?

요즘 즐겨 보는 TV 프로그램은 뭐야?

20

20

20

20

20

13

When did you go to bed yesterday?

어제 몇 시에 잠자리에 들었어?

20

20

20

20

20

Write down the title of the most important news
you've ever read today.

오늘 읽은 뉴스 중 가장 중요한 뉴스의 제목을 적어봐.

20

20

20

20

20

15

Is there anything you really want to
say to your parents?

부모님에게 꼭 하고 싶은 말이 있다면?

20

20

20

20

20

16

Has anyone ever made something for you?

누군가가 너를 위해 무언가를 직접 만들어준 적이 있어?

20

20

20

20

20

17

What is your favorite sport?

네가 가장 좋아하는 운동은 뭐야?

20

20

20

20

20

18

What kind of animal do you like as a pet?

반려동물을 기른다면 어떤 동물이 좋아?

20

20

20

20

20

19

If you were an animal, what kind of animal is it?

네가 동물이라면 어떤 동물일까?

20

20

20

20

20

Who's the most different from your first
impression among the people around you?

네 주변 사람들 중 첫인상과 가장 다른 사람은 누구야?

20

20

20

20

20

21

When was the last time you exercised
until you were out of breath?

마지막으로 숨이 헉헉댈 때까지 운동했던 건 언제야?

20

20

20

20

20

What's the most emphatic rejection you've made lately?

최근에 가장 단호하게 거절했던 일은 무엇이야?

20

20

20

20

20

23

What's the most expensive thing you have?

가지고 있는 물건 중에 가장 비싼 물건은 뭐야?

20

20

20

20

20

24

What's the biggest mistake you've made lately?

최근에 한 가장 큰 실수는 뭐야?

MAY

20

20

20

20

20

25

Can you tell me the most hasty decision
you made and the result?

가장 성급한 결정을 내렸던 일과 그 결과를 알려줄래?

20

20

20

20

20

26

*Can you find something good for
someone who isn't favorable to you?*

네게 호의적이지 않은 사람에게도 좋은 점을 찾을 수 있을까?

20

20

20

20

20

27

What job is the best for you?

네가 생각하는 꿈의 직장은 어디야?

20

20

20

20

20

28

Do you think you're paid as much as you work now?

지금 일하는 만큼 벌고 있다고 생각해?

20

20

20

20

20

29

Are you getting off work on time?

제시간에 퇴근하고 있어?

20

20

20

20

20

Is there any new field that you've been interested in lately?

최근 새롭게 흥미를 느끼게 된 분야가 있어?

20

20

20

20

20

31

What's the most pleasant word you've heard recently?

최근에 들었던 말 중 가장 기분 좋은 말은?

20

20

20

20

20

6

"그래 넌 미쳤어.
이건 비밀인데,
멋진 사람들은 다 그렇단다."

1

What's the only reason that delighted today?

오늘 하루를 기쁘게 만든 한가지는 뭐야?

20

20

20

20

20

What is your biggest worry now? Why are you worried?

지금 너의 가장 큰 고민은 뭐야? 왜 고민이야?

20

20

20

20

20

3

Does anyone make you feel awkward of
uncomfortable at home or work?

가족이나 직장에 어색하고 불편한 사람이 있어?
왜 그 사람이 불편할까?

20

20

20

20

20

Can you write down the first sentence of page
105 of the nearest book?

가장 가까이에 있는 책의 105쪽 첫 문장이 뭔지 적어줄래?

JUN

20

20

20

20

20

5

What is the most frequently used App these days?
How often do you use a week?

요즘 가장 자주 사용하는 앱(App)은 어떤 거야?
일주일에 얼마나 사용해?

20

20

20

20

20

6

Have you ever been camping?

캠핑을 해본 적이 있어?

20

20

20

20

20

7

How many times have you stayed up all night
in half a year? Why did you stay up all night?

반년 동안 밤을 새운 적이 몇 번이나 있어?
왜 밤을 새워야 했어?

20

20

20

20

20

8

What was the content of the mail or text message that
required the biggest courage before sending?

보내기 전에 가장 큰 용기가 필요했던
메일이나 문자는 어떤 내용이었어?

20

20

20

20

20

9

Have you ever thought that you shouldn't be like this?

이대로면 안 된다는 생각이 들었던 적이 있어?

20

20

20

20

20

Do you know how much your property is worth?

너의 전 재산이 얼마인지 알고 있어?

20

20

20

20

20

11

What was the most embarrassing thing
that happened this year?

올해 있었던 가장 당황스러운 일은 뭐였어?

20

20

20

20

20

12

Do you have a place that comes to mind when it rains?

비가 내리면 떠오르는 장소가 있어?

20

20

20

20

20

13

What is your MBTI?

너의 MBTI는 뭐야?

20

20

20

20

20

What was it that you didn't regret after you threw it away?

버리고 나서도 후회하지 않았던 것은 뭐였어?

20

20

20

20

20

15

Can you describe the color of the ocean
rising in your head right now?

지금 떠오르는 바다의 색깔을 묘사해줄래?

20

20

20

20

20

16

What movie did you see more than twice? For what reasons?

두 번 이상 본 영화는 어떤 거야? 이유는 뭐였어?

20

20

20

20

20

17

From where do you usually get information if you have a question?

궁금한 게 생겼을 때 주로 어디서 정보를 얻어?

20

20

20

20

20

18

What is your favorite food?

네가 가장 좋아하는 음식은 뭐야?

20

20

20

20

20

19

What word would best describe you?

너와 가장 잘 어울리는 단어를 하나 골라본다면?

20

20

20

20

20

20

Have you ever regretted after you spent the money?

돈을 쓰고 나서 아까웠던 적이 있어?

20

20

JUN

20

20

20

21

I wonder how often you spend your time alone.

혼자만의 시간을 얼마나 자주 갖는지 궁금해.

20

20

20

20

20

If you could be someone else for just one day, who would you be?

단 하루만 다른 사람이 될 수 있다면 누가 되고 싶어?

20

20

20

20

20

23

What makes you go to see a doctor recently?

가장 최근에 병원에 갔던 이유는 뭐였어?

20

20

20

20

20

24

Do you have any medicine or nutritional supplements?

챙겨 먹는 약이나 영양제가 있어?

20

20

20

20

20

25

How long can you wait for someone else?

얼마나 오랫동안 다른 사람을 기다릴 수 있니?

20

20

20

20

20

Among your friends, who lives the furthest?

가장 멀리 사는 친구는 누구야?

20

20

20

20

20

27

What was the most expensive
concert ticket you bought?

가장 비싸게 주고 산
콘서트 티켓은 어떤 거였어?

20

20

20

20

20

28

Where was your last destination for trip?
What kind of transportation did you use?

가장 최근에 떠난 여행지는 어디였어?
어떤 교통수단을 이용했니?

20

20

20

20

20

29

The mountain vs the sea, the countryside vs the city,
Where would you like to go on a trip?

산 VS 바다, 시골 VS 도시. 여행을 떠난다면 어디가 좋아?

20

20

20

20

20

Who will be the one if you love only one person in your whole life?

평생 한 사람만 사랑한다면 누구일 것 같아?

20

20

20

20

20

DISNEP

ALICE
in
WONDERLAND

7

J U L Y

"가장 예쁜 꽃이
언제나
가장 멀리 있잖아."

1

What was the most useless gift you've ever received?

여태껏 받았던 것 중 가장 쓸모없었던 선물은 뭐였어?

20

20

20

20

20

What was your warmest memory of childhood?

어린 시절을 떠올릴 때 가장 포근했던 기억은 뭐야?

20

20

20

20

20

3

What was your first experience recently?

최근에 처음으로 경험한 일은 뭐야?

20

20

20

20

20

4

What was it that you should have given up on in your life so far?

지금까지의 인생에서 포기했어야 했던 것은 뭐였어?

20

20

20

20

20

5

Do you have any influence on someone?

누군가에게 영향력을 끼치고 있니?

20

20

20

20

20

6

Imagine you're born with blonde hair. It fits on you?

금발 머리로 태어난다면 어떨 것 같아?

20

20

20

20

20

7

What was the most romantic idea you ever had?

가장 낭만적인 상상은 뭐였어?

20

20

20

20

20

Have you ever imagined how you would feel
if you were as beautiful as a goddess?

신처럼 아름답다면 기분이 어떨지 상상해본 적 있어?

20

20

20

20

20

9

If you changed your name, which one is for you?

이름을 바꾼다면 어떤 이름으로 바꾸고 싶어?

20

20

20

20

20

10

What kind of adversity do you think you should overcome?

헤쳐나가야 할 네 몫의 역경이 있니?

20

20

20

20

20

11

What *do* you *do* when you feel an irresistible temptation?

참기 힘든 유혹을 느낄 땐 어떻게 해?

20

20

20

20

20

12

If you could be a star, what kind of star would you be?

별이 될 수 있다면 어떤 별이 되고 싶어?

20

20

20

20

20

13

Have you ever felt that the world is interesting?

세상이 흥미롭다고 느낀 적 있어?

20

20

20

20

20

14

How do you feel when you think of tomorrow?

내일을 생각하면 어떤 기분이 들어?

20

20

20

20

20

15

What's the good thing about being your age now?

지금 나이가 되어서 좋은 점은 뭐가 있을까?

20

20

20

20

20

16

Have you ever forgiven someone?

누군가를 용서해본 적이 있어?

20

20

20

20

20

17

Can you tell me if there's a little romance in your life?

너만이 가진 작은 낭만이 있다면 알려줄래?

20

20

20

20

20

What did you have for dinner tonight?

오늘 저녁은 뭘 먹었어?

20

20

20

20

20

19

Do you have your own route for a walk?

너만의 산책 코스가 있어?

20

20

20

20

20

20

Do you have your own methods for good memory?

기억을 잘하기 위한 너만의 비법이 있어?

20

20

20

20

20

21

Do you have a gift only for yourself?

너 스스로에게 주고 싶은 선물이 있어?

20

20

20

20

20

What's the last thing on your check list
before you go on a trip?

여행을 떠나기 전에 가장 마지막으로 체크하는 건 뭐야?

20

20

20

20

20

23

Did you learn anything new today?

오늘 새롭게 배운 게 있어?

20

20

20

20

20

24

When did you dance last time?

가장 마지막으로 춤춘 건 언제였어?

20

20

20

20

20

25

Your greatest strength is that you are unique! Isn't it?

너의 가장 큰 장점은 유일무이하다는거야! 맞지?

20 _____

20 _____

20 _____

20 _____

20 _____

What type of person do you like?

너는 어떤 타입의 사람을 좋아해?

26

20

20

20

20

20

JUL

27

Have you ever traveled alone?

혼자서 여행을 가본 적이 있어?

20

20

20

20

20

When was the last time you had a late night snack?

마지막으로 야식을 먹은 건 언제야?

20

20

20

20

20

29

Do you have anyone you respect?

존경하는 사람이 있어?

20

20

20

20

20

30

Do you know the bestselling book of the year?

올해의 베스트셀러를 알고 있어?

20

20

20

20

20

31

Do you have any period in your life you want to erase?

인생에서 가장 지우고 싶은 때가 있니?

20

20

20

20

20

8

"남이 만들어 놓은 지도에
네가 가고 싶은 곳이 있을 것 같니?
넌 너만의 지도를 만들어야지."

1

What do you think of the ideal type?

네가 생각하는 이상형의 모습은?

20

20

20

20

20

2

What is your first priority when choosing something?

무언가를 선택할 때 가장 우선적으로 생각하는 것은 뭐야?

20

20

20

20

20

3

Is what you're doing now what you most wanted to do?

네가 지금 하고 있는 일이 가장 하고 싶은 일이야?

20

20

20

20

20

4

Tell me your favorite word and what it means.

네가 좋아하는 단어와, 그 뜻은 무엇인지 말해줘.

20

20

20

20

20

5

If you say "I love you" to someone today,
Who do you want to do that to?

오늘 누군가에게 사랑한다고 말해준다면,
누구에게 그러고 싶어?

20

20

20

20

20

Who do you think understands you best?

너를 가장 잘 이해해주는 사람은 누구라고 생각해?

20

20

20

20

20

7

What do you do when you feel stuffy?

마음이 답답할 때 어떻게 해?

20

20

20

20

20

Just tell me three of your strengths.

네가 생각하는 너의 장점을 세 가지만 이야기해줘.

20

20

20

20

20

9

Just tell me three of your shortcomings.

네가 생각하는 너의 단점을 세 가지만 이야기해줘.

20

20

20

20

20

10

Last night, what did you think in the bed?

지난 밤, 자기 전에 어떤 생각을 하면서 잠들었어?

20

20

20

20

20

11

Is there something you really want to protect?

꼭 지키고 싶은 무언가가 있어?

20

20

20

20

20

12

Do you have any special way to spend Friday or Saturday?

금요일이나 토요일을 보내는 특별한 방법이 있니?

20

20

20

20

20

13

Do you have a book or movie
that you couldn't finish?

읽다가 포기한 책이나 영화가 있어?

20

20

20

20

20

14

What do you regret that you did not do as a teenager?

10대에 해보지 않아서 후회되는 일은 뭐가 있을까?

20

20

20

20

20

15

Who are you living with now?

지금 누구랑 같이 살고 있어?

20

20

20

20

20

16

Where do you go frequently these days?

요즘 가장 자주 가는 공간은 어디야?

20

20

20

20

20

17

How many best friends do you have?

제일 친한 친구는 몇 명이야?

20

20

20

20

20

18

What do you want to say to yourself at the age of 20?

스무 살의 너에게 하고 싶은 말은?

20

20

20

20

20

19

What's in your bag now?

지금 네 가방 속에 들어 있는 것들은?

20

20

20

20

20

20

What job you want to get?

네가 동경하는 직업이 있어?

20

20

20

AUG

20

20

21

Is there anyone you admire?

네가 동경하는 사람이 있어?

20

20

20

20

20

22

What's the most regrettable act you've ever done
to someone you love?

사랑하는 사람에게 했던 가장 후회스러운 행동은 뭐야?

20

20

20

AUG

20

20

23

Do you have a habit of sticking out when you're nervous?

긴장할 때 튀어나오는 버릇이 있어?

20

20

20

20

20

24

To whom have you written a letter by hand recently?

마지막으로 쓴 손편지의 상대는 누구야?

20

20

20

20

20

25

If you had a super power, what would you like to have?

만약 초능력을 가지게 된다면 어떤 능력을 가지고 싶어?

20

20

20

20

20

Has anyone been kind to you today?

오늘 너에게 친절히 대해준 사람이 있어?

20

20

20

20

20

27

What was the funniest play in your childhood?

어린 시절 가장 재미있게 했던 놀이는?

20

20

20

20

20

What was the happiest thing in the day?

오늘 하루 가장 행복했던 일은?

20

20

20

20

20

29

Do you have a habit that you can't fix?

고치고 싶은데 못 고치고 있는 습관이 있어?

20

20

20

20

20

30

What's the best dish you can cook?

네가 가장 잘하는 요리는 뭐야?

20

20

20

20

20

31

What do you think of a romantic life?

낭만적인 삶이란 무엇이라고 생각해?

20

20

20

20

20

9

"난 항상 아침을
먹기 전에 불가능한
6가지를 상상하곤 하지."

1

Where do you live when you are sixty?

예순 살이 되었을 때 너는 어디에서 살고 있을까?

20

20

20

20

20

2

What do you want to cut off the most from your life?

네 삶에서 가장 끊어내고 싶은 것이 있다면?

20

20

20

20

20

3

Who was the first gift you bought this year for?

올해 처음 산 선물은 누구를 위한 거였어?

20

20

20

20

20

4

What is the most memorable dream you've had recently?

최근 꾼 꿈 중에서 가장 기억에 남는 내용은 뭐야?

20

20

20

20

20

5

What do you think happiness is?

행복이란 뭐라고 생각해?

20

20

20

20

20

6

If you could go back 30 minutes, when would you go back?

과거로 30분만 돌아갈 수 있다면 언제로 돌아갈 거야?

20

20

20

20

20

7

What is the best way to spend 50,000 won?

5만 원을 가장 잘 쓰는 방법은 무엇일까?

20

20

20

20

20

Are you neat or messy?

깔끔한 편이야, 지저분한 편이야?

20

20

20

20

20

9

Who made you laugh today?

오늘 너를 웃게 한 존재는 누구야?

20

20

20

20

20

Express yourself in color today.

오늘의 나를 색으로 표현해보자.

20

20

20

20

20

11

What was the worst lie you ever told?

네가 한 거짓말 중에 가장 나쁜 거짓말은 뭐였어?

20

20

20

20

20

12

What is your least favorite housework and
your favorite housework?

가장 하기 싫은 집안일과 가장 좋아하는 집안일이 뭐야?

20

20

20

20

20

13

Let's write down what's in your wallet now.

지금 지갑 속에 들어 있는 것들을 적어보자.

20

20

20

20

20

14

What's the status of your room or your house now?

지금 네 방이나 집의 상태는 어때?

20

20

20

20

20

15

Do you know what your health is like now?

자신의 건강이 지금 어떤 상태인지 알고 있어?

20

20

20

20

20

16

When was the last time you cried?

마지막으로 울었던 때는 언제였어?

20

20

20

20

20

17

What *do* you want to say to yourself now?

지금 스스로에게 무슨 말을 해주고 싶어?

20

20

20

20

20

18

Where do you spend the longest time in a day?

하루에 가장 오래 시간을 보내는 곳은 어디야?

20

20

20

20

20

19

Can you describe your life by one word?

오늘까지의 네 삶을 한 마디로 정리해보면 어때?

20

20

20

20

20

20

Who's the closest person in your family?

가족 중 가장 가까운 사람은 누구야?

20

20

20

20

20

21

Waiting for something to make you happy?

어떤걸 기다리는 시간이 제일 행복해?

20

20

20

20

20

22

How do you feel when you visit a new place?

새로운 장소를 방문하면 어떤 느낌이 들어?

20

20

20

20

20

23

What is your healing routine?

나만의 힐링 루틴을 찾아볼까?

20

20

20

20

20

24

What's the worst things that could happen today?

오늘 일어날 수 있는 가장 최악의 일은 뭐야?

20

20

20

20

20

25

Are you a talker or a listener?

대화할 때 말하는 편이야, 듣는 편이야?

20

20

20

20

20

What's your special ability?

네가 가장 잘하는 건 뭐야?

26

20

_____

20

_____

20

_____

20

_____

20

_____

27

*Do people you find attractive
have commonalities?*

네가 매력적이라고 생각하는 사람들에게 공통점이 있다면?

20

20

20

20

20

Do people you don't want to get too close
have commonalities?

네가 가까워지고 싶지 않은 사람들에게 공통점이 있다면?

20

20

20

20

20

29

Who was your first love?

첫사랑은 어떤 사람이었어?

20

20

20

20

20

30

Which café do you go often and why?

자주 가는 카페와, 그곳을 자주 찾는 이유는?

20

20

20

20

20

10

"내 문제점은 나는 내 자신에게
아주 좋은 충고를 해주지만,
거의 따르지 않아."

1

What would you do first if you were
lost in a strange place?

낯선 곳에서 길을 잃었다면 가장 먼저 뭘 할 것 같아?

20

20

20

20

20

Are there any things you must take care of
when you go out?

외출할 때 꼭 챙겨야 하는 것들이 있어?

20

20

20

20

20

3

Have you been to an amusement park like Disney World?

디즈니 월드 같은 테마파크에 가본 적이 있어?

20

20

20

20

20

4

Do you have a favorite food in autumn?

가을에 즐겨 먹는 음식이 있어?

20

20

20

20

20

5

What do you think when you see the
cherry-blossom tree?

벗나무를 보면 어떤 생각이 들어?

20

20

20

20

20

6

Have you ever imagined an experience
that came true?

상상이 현실이 된 경험을 한 적 있어?

20

20

20

20

20

7

Can you rename the place you are now imaginatively?

지금 네가 있는 장소의 이름을
상상력이 들어간 이름으로 고쳐본다면?

20

20

20

20

20

8

Look by your side! There is a happiness. Can we be friendly?

자, 네 옆을 봐! 행복이 있잖아.
친하게 지낼 수 있지?

20

20

20

20

20

9

Can you really say to you 'Good Night' today?

오늘은 진심으로 'Good Night'이라고 말할 수 있어?

20

20

20

20

20

10

How do you deal with hard work which you are faced with?

힘든 일을 맞닥뜨렸을 때 어떤 마음으로 처리해?

20

20

20

20

20

11

If you love someone now,
what do you like most about him/her?

지금 사랑하는 사람이 있다면 그 사람의 어떤 점이 가장 좋아?

20

20

20

20

20

Do you have favorite animal?

좋아하는 동물이 있어?

20

20

20

20

20

13

Do you have any favorite characters such as animation,
movie, drama, novel?

애니메이션, 영화, 드라마, 소설 주인공 등
좋아하는 캐릭터가 있어?

20

20

20

20

20

14

What is the word 'success' means to you?

너에게 성공이란 어떤 거야?

20

20

20

20

20

15

Are there any celebrities you are interested in right now?

지금 관심 갖는 연예인이 있어?

20

20

20

20

20

16

What *do* you do when you've done all the work you have to do?

해야 할 일을 다 하고 나면 어떻게 해?

20

20

20

20

20

17

How far do you plan your trip before you leave?

떠나기 전에 여행계획을 어디까지 세워?

20

20

20

20

20

18

Who is your best friend?

가장 친한 친구는 누구야?

20

20

20

20

20

19

Do you tend to follow your heart
when making important decisions?

중요한 결정을 내릴 때 마음이 시키는 대로 따르는 편이야?

20

20

20

20

20

20

How do you respond when your friends or family are sad?

친구나 가족이 슬퍼할 때 어떻게 대응해?

20

20

20

20

20

21

What's your idea or plan that came into your head?

지금 머릿속에 떠오른 아이디어나 계획은 어떤 거야?

20

20

20

20

20

22

If I compare you to an animal, what animal is it like?

너를 동물에 비유하자면 어떤 동물에 가까울까?

20 _____

20 _____

20 _____

20 _____

20 _____

23

How many times did you hear your name today?

오늘 너의 이름을 몇 번 들어봤어?

20

20

20

20

20

What's the biggest problem you have right now?

지금 가지고 있는 가장 큰 고민은 뭐야?

20

20

20

20

20

25

What's the biggest change that happened to you in the past year?

지난 한 해 동안 너에게 있었던 가장 큰 변화는 뭐야?

20

20

20

20

20

26

Do you have something you liked at first sight?
What was it?

첫눈에 반했던 사물이 있어? 어떤 거였어?

20

20

20

20

20

27

Who is the hardest person you know to live with?

아는 사람 중에 가장 열심히 살고 있는 사람은 누구야?

20 _____

20 _____

20 _____

20 _____

20 _____

28

If you die tomorrow, how would you like to spend today?

내일 죽는다면 오늘을 어떻게 보내고 싶어?

20

20

20

20

20

29

Let's express yourself in three words today.

오늘의 자신을 세 단어로 표현해본다면?

20

20

20

20

20

What's the most uncomfortable thing you've been
doing lately? What's going on?

최근에 가장 불안했던 일이 뭐야?
그 일은 지금 어떻게 되었어?

20

20

20

20

20

31

Is there anything you always carry around with you?

항상 몸에 지니고 다니는 물건이 있어?

20

20

20

20

20

"만약 네가
그렇게 생각하지 않으면,
너는 말을 하지 말아야해."

1

What are the three things that
you must put in your own space?

너만의 공간에 꼭 놓아두는 세 가지는 뭐야?

20

20

20

20

20

What are the three things you must
take to the desert island?

무인도에 꼭 가져가야 할 세 가지는 뭘까?

20

20

20

20

20

3

Where was the last place you saw the sunrise?

마지막으로 일출을 본 곳은 어디였어?

20

20

20

20

20

Who did you meet most these days?
What were you doing when you met that person?

요즘 누구와 가장 많이 만나고 있어? 만나서 뭐 해?

20

20

20

20

20

5

What's in the bag you're holding?

지금 들고 있는 가방에는 뭐가 들어 있어?

20

20

20

20

20

6

You think you can tell exactly when you fall in love with?

사랑에 빠지는 순간을 정확히 알 수 있을까?

20

20

20

20

20

7

What kind of weather do you like?

어떤 날씨를 좋아해?

20

20

20

20

20

If you want to see someone now,
tell me his/her name and how they make you feel.

지금 누군가를 보고 싶다면, 그 사람의 이름과 느낌을 말해줘.

20

20

20

20

20

9

What kind of parent do you want to be?

어떤 부모가 되고 싶어?

20

20

20

20

20

How do you change when you love someone?

10

너는 누군가를 사랑할 때, 어떻게 변해?

20

20

20

20

20

11

Now, what's the consolation you need?

지금, 너에게 필요한 위로의 말은 뭐야?

20

20

20

20

20

Are you satisfied with your life now? If not, why?

지금 너의 생활에 충분히 만족해? 그렇지 않다면 이유는?

20

20

20

20

20

13

If you could see your future,
what age would you like to check out?

너의 미래를 미리 볼 수 있다면
몇 살 때의 너를 확인해보고 싶어?

20

20

20

20

20

Who makes you laugh the most these days?

요즘 너를 가장 많이 웃게 하는 사람은 누구야?

20

20

20

20

20

NOV

15

What is the title of a book you have read many times?

여러번 본 책 제목은 뭐야?

20

20

20

20

20

When you have a hard time, what do you think is the hope?

힘든 시기를 보낼 때, 희망이 되는 것은 뭐라고 생각해?

20

20

20

20

20

17

Is there a place where you go to cry alone?

혼자 울고 싶을 때 찾는 장소가 있어?

20

20

20

20

20

What would you like to do first if you won the lottery?

복권에 당첨된다면 가장 먼저 무엇을 하고 싶어?

20

20

20

20

20

19

When do you think it was a turning point in your life?

인생의 전환점이었다고 생각하는 때는 언제야?

20

20

20

20

20

20

Is there something you don't want to hear
from someone else?

다른 사람에게 듣고 싶지 않은 말이 있다면?

20

20

20

20

20

21

What do you do usually when you are alone?

혼자 있을 때 주로 뭘 해?

20

20

20

20

20

22

Do you have a secret you haven't told anyone?

아무한테도 말하지 않은 비밀이 있어?

20

20

20

20

20

23

What title should be used if you write your autobiography?

너의 인생을 책으로 쓴다면 제목은 무엇이 될까?

20

20

20

20

20

Is there anything that makes your heart beat fast?

요즘 너의 가슴을 뛰게 하는 일이 있어?

20

20

20

20

20

25

What's the most recent incident that embarrassed you?

최근에 가장 너를 당황하게 만든 사건은 뭐야?

20

20

20

20

20

What is the secret to happiness?

행복의 비결이 뭐라고 생각해?

27

How many goals have you decided to achieve this year?

올해 꼭 이뤄야 하는 분명한 목표가 몇 개 있어?

20

20

20

20

20

What's a song you can't miss on your playlist?

플레이리스트에서 빠지지 않는 노래는 뭐야?

20

20

20

20

20

29

Which do you prefer, summer or winter?

여름이 좋아, 겨울이 좋아?

20

20

20

20

20

What do you want to do when the virgin snow comes?

첫눈이 오면 하고 싶은 일은?

20

20

20

20

20

Disney
ALICE
in
WONDERLAND

12

"남에게 보이는 대로인 사람이 되라는 거다.
네가 남들에게 보이는 것과 다르거나 달랐었다면
남들에게도 다르게 보였을 테니."

1

When did you made someone cry recently?

누군가를 울린 기억이 있어?

20

20

20

20

20

If you could be any animal, what would you be?

다시 태어난다면 어떤 동물이 되고 싶어?

20

20

20

20

20

3

What would you like to do if you had free time for a day?

하루 동안 자유시간이 주어지면 뭘 하고 싶어?

20

20

20

20

20

4

What is your favorite song these days?

요즘 가장 자주 듣는 노래는?

20

20

20

20

20

5

What is the most memorable conversation
you had with your parents today?

오늘 부모님과 한 대화 중 기억에 남는 것은 뭐야?

20

20

20

20

20

6

How do you feel when you think of your first love?

첫사랑을 생각하면 어떤 감정이 떠올라?

20

20

20

20

20

7

What do you want to say to someone who dislikes you?

너를 미워하는 사람에게 어떤 말을 해주고 싶어?

20

20

20

20

20

8

Have you been deeply impressed lately?

최근에 크게 감동을 받은 적이 있어?

20

20

20

20

20

9

What would you like to do
if today was the last day of your life?

오늘이 인생 마지막 날이라면 무엇을 하고 싶어?

20

20

20

20

20

10

How would you like to write your first sentence
if you wrote your autobiography?

자서전을 쓴다면 첫 문장을 어떻게 쓰고 싶어?

20

20

20

20

20

11

Is there anyone you want to get closer to?

더 가까워지고 싶은 사람이 있어?

20

20

20

20

20

This year, did you carry out your annual plan
completelely or not?

올해 초 계획한 것들 중에서 이룬 것과 이루지 못한 것은 뭐야?

20

20

20

20

20

13

Have you ever talked to someone
you've never seen before?

처음 보는 사람에게 무작정 다가가서
말을 걸어본 적이 있어?

20

20

20

20

20

What is your happiest way to spend the weekend?

주말을 보내는 너만의 가장 행복한 방법은?

20

20

20

20

20

15

Can you tell me about your favorite clothes?

네가 가장 좋아하는 옷에 대해 설명해줄래?

20

20

20

20

20

16

Have you ever had a blind date? How was the result?

소개팅을 해본 적이 있어? 결과는 어땠어?

20

20

20

20

20

17

Which animal do you want to raise, dog or cat?

강아지와 고양이 중에 기르고 싶은 동물은?

20

20

20

20

20

18

How are you feeling these days?

요즘 너의 컨디션은 어때?

20

20

20

20

20

19

Do you have any questions you would like to ask?

사람들한테 즐겨하는 질문이 있어?

20

20

20

20

20

If you could give yourself a nickname, what would it be?

네 별명을 스스로 붙여본다면?

20

20

20

20

20

21

What is your most favorite day of the year?

1년 중에 가장 좋아하는 날은?

20

20

20

20

20

What do you think is the condition of a good friend?

좋은 친구의 조건은 무엇이라고 생각해?

20

20

20

20

20

23

Are you in love with someone now?

지금 사랑하고 있어?

20

20

20

20

20

If you attended the wedding ceremony, who got married?

가장 최근에 참석한 결혼식은 누구의 결혼식이었어?

20

20

20

20

20

25

What is your favorite TV program?

가장 좋아하는 TV프로그램은?

20

20

20

20

20

26

What flowers did you buy recently?

최근에 구입한 꽃은 뭐야?

20

20

20

20

20

27

Have you ever seen a snowy mountain?

눈내린 산을 본 적 있어?

20

20

20

20

20

Tell three important jobs you have to finish this year.

올해 꼭 마무리해야 하는 일은 어떤 거야?

20

20

20

20

20

29

Write down three big things you must do next year.

내년에 해결해야 할 큰일 세 가지를 적어봐.

20

20

20

20

20

30

What is the luckiest thing in the year?

올해 가장 운이 좋았다고 생각하는 일은?

20

20

20

20

20

31

Tell me 10 of your wishes!

너의 소원 10개를 말해봐!

20

20

20

20

20

이상한 나라의 앨리스
5년 후 나에게 : Q&A a day

초판 1쇄 펴낸 날 2024년 4월 15일

펴낸곳 더모던 **전화** 02)3141-4421 **팩스** 0505-333-4428

등록 2012년 3월 16일(제 313-2012-81호)

주소 서울시 마포구 성미산로32길 12, 2층 (우 03983)

E-mail sanhonjinju@naver.com

카페 cafe.naver.com/mirbookcompany

SNS instagram.com/mirbooks